Une collection dirigée par
Jean-Luc Luciani

Pour Zoé la fée et Léo avec brio,
Leila et Benoît qui s'activent avec maestria,
nos amis d'Eyguières.

Pour Marin le coquin et Erwan blond savane.
Merci à leur maman Myriam que j'acclame
quand elle détortille mes mots infâmes !

"Un navet s'étonnait qu'on l'appelât « navet »
Tout ce que l'on trouvait en tout de plus mauvais
Alors, de désespoir, il se jeta d'un coup
Dans le gouffre sans fond d'un effrayant faitout,
Où mijotait sans bruit un consommé sublime
Dans lequel il fondit, humblement anonyme."
Théodore Fradet

"Le chou-fleur n'est rien d'autre qu'un chou
qui a fait des études supérieures."
Mark Twain

Publié avec le concours de la D.R.AC. PACA

© Éd. ROUGE SAFRAN - III /2005
B.P. 30005 - 13471 Marseille Cedex 02
ISBN : 2-913647-31-6 - ISSN : 1764-9889
" Loi n° 49-956 du 16 juillet 1949
sur les publications destinées à la jeunesse"

MARIE MÉLISOU

Effroyable cantine

Illustrations
GALI FOURCHON

ROUGE SAFRAN

1. Pitié, plus de cantine !

11 H 30. COMME CHAQUE JOUR en fin de matinée, j'ai redouté ce qui allait arriver. J'ai imaginé mille plans futés pour rester dans la classe : expliquer à Thierry, mon maître de CE1, que j'avais un cake dans mon cartable qui me servirait de repas, me laisser enfermer en me cachant, demander à m'occuper du lapin pour changer sa litière… Je n'avais aucune bonne solution, elles seraient toutes refusées par Thierry. Plus le temps est passé, plus mon attente s'est transformée en cauchemar. J'ai même rêvé cette scène : agenouillée devant mon maître, je le suppliais, suppliais encore, dans l'espoir de l'attendrir pour qu'il me garde en classe :

– Par pitié, s'il vous plaît, Thierry, encore une addition !

Lui refusait. En se détournant de moi, il croisait les bras sur sa poitrine, le regard fier.

– Alors, un exercice de grammaire. Même un tout petit…

Intraitable, il pointait un doigt vers l'extérieur et exigeait :

– Marie, dehors. Va rejoindre tes frères. Direction la cantine.

À cet instant, la véritable voix de Thierry s'est superposée à celle de mon cauchemar.

– Marie, a-t-il crié. Tu rêves encore !

Des frissons ont secoué mes cheveux en baguettes de tambour.

– Oui, quoi ? j'ai demandé.

– Pas "quoi", tu n'es pas un canard, pour cancaner. Ton exercice est-il fini ? Dans cinq minutes la cloche sonnera, ce sera l'heure de la cantine… Dépêche-toi.

La cantine, je l'ai toujours su ! L'horrible cantine, où nous sommes obligés d'aller. L'abominable cantine où nous ne voudrions plus mettre un seul pied.

11 h 36, ouille, brrr. Dire que je vais réellement devoir sortir de classe pour m'y rendre. Une pénible odeur de

patchouli et de jasmin a commencé à chatouiller ma mémoire…

11 h 37, j'ai regardé l'aiguille avancer vers l'heure fatale en imaginant avec dépit le repas affreux que j'allais devoir ingurgiter dans cet endroit...

11 h 39, prête à promettre n'importe quoi ou tout ce que les adultes voudraient, j'ai muettement juré que je serai sage toute ma vie, toujours, toujours, si la dame de cantine d'avant, celle qui est partie à la retraite, réapparaissait miraculeusement.

11 h 40, DRIIING… Mes pensées tristes : *Maman, pourquoi toi aussi, tu dois manger à la cantine de ton travail ? Pourquoi tu n'as pas le temps de rentrer à la maison pour qu'on vienne manger avec toi ? Et pourquoi c'est pareil pour Papa ?*

À 11 h 42, j'ai jeté un regard noir à Thierry en demandant à mon ventre gargouilleur de se taire. Puis, comme il m'était impossible de faire autrement, je suis sortie dans la cour en traînant des pieds, la tête basse.

Sous un platane, j'ai d'abord retrouvé mon frère Florian, 8 ans et demi, soit un an de plus que moi. Il est châtain clair avec des yeux bleu délavé. Il faisait une drôle de tête. En fait, la même que la mienne. Charlie, notre aîné qui a 10 ans, yeux marron (de cochon) mais "excellent" caractère, nous a rejoints en shootant dans des petits cailloux.

Quittant l'ombre de l'arbre, nous nous sommes éloignés en direction du terrain de foot où s'étaient déjà regroupés nos copains, tous ceux qui ne rentrent pas chez eux le midi. Les demi-pensionnaires.

"Avant", chaque jour, les garçons jouaient au ballon sur le terrain de foot. Ils criaient, se poussaient, crachaient, s'injuriaient quelquefois, mais surtout, ils rigolaient beaucoup.

Depuis les étranges nouveautés à la cantine, ça n'est plus pareil. Le gazon s'est mis à être détesté par les garçons. Ses pousses d'un vert tendre rappellent trop le soja en train de germer. Et pour nous, les filles, qui auparavant restions avec plaisir autour du terrain, le vert des brins bien tondus évoque les feuilles de salade, les petits légumes croquants, les haricots verts, les... Beurk !

D'ailleurs, toutes les activités ordinaires qui se déroulaient dans la cour ont été oubliées.

Même jouer aux billes n'a plus intéressé personne. Même traiter les filles de "niaises" n'a plus captivé les garçons. Même leur crier qu'ils sont "vraiment trop bêtes" a été négligé par les filles.

C'est dire si ELLE a empoisonné notre vie.

ELLE, Mélanie Luscruti.

Depuis que Mélanie Luscruti est arrivée pour diriger la cantine de l'école, on a tous commencé à se ratatiner,

à se racornir, à se renfermer, à se...
à être déprimés et affamés !

Mélanie Luscruti est la nouvelle
Capt de l'école. Elle n'est pas un capitaine captivant-qui-capture-quoi-que-ce-
soit. Non, non, la C.A.P.T. signifie la
Cuisinière Au Poste Temporaire.

Thierry nous a expliqué que temporaire veut dire qui ne doit pas durer.
Pourtant tous ceux qui mangent à la
cantine ont immédiatement trouvé son
séjour très long. Tous, sans aucune
"exception qui confirmerait la règle",
comme dit le maître durant les leçons
de français.

Mélanie Luscruti est arrivée un
lundi matin, vers dix heures, alors que
nous jouions sous le préau. Elle était...
hyper étonnante ! Très différente de ma
maman, par exemple. Elle portait une
robe violette, plutôt fluide et longue
comme un déguisement. Elle était
chaussée de nu-pieds en cuir à lanières.
Ses longs cheveux roux étaient nattés.
Elle était parfumée et portait des bagues
à tous les doigts.

On l'a trouvée belle. On a pensé qu'elle allait être sympa. Mais il y avait quand même un détail supplémentaire qui nous intriguait. C'était le drôle de petit dessin rond au milieu de son front, qui lui donnait l'air d'avoir... collé là une gommette par mégarde.

— On dirait un troisième œil, comme les Indous, a dit Charlie, qui a pris son air énervant de celui qui en sait beaucoup parce qu'il regarde des documentaires intelligents à la place des feuilletons idiots.

— Indous ? Troisième œil ? Quésaquo ? a maugréé Florian, qui préfère justement les feuilletons aux documentaires.

Charlie a affirmé :

— À deux mains, tu travailles mieux qu'avec une seule. Avec trois yeux, c'est pareil, tu...

Florian l'a coupé pour s'écrier :

— Tu travailles mieux qu'avec deux !

Charlie a haussé les épaules.

— Non, tu y vois mieux !

Paul a remonté ses lunettes sur son nez en affirmant :

– Bof, pas clair votre truc. Elle est quand même plus chouette que les serveuses de *Mac Dingo*, vous ne trouvez pas ?

Pas quand même, non, je ne trouvais pas.

Mélanie Luscruti s'est approchée de nous. Après un mystérieux petit salut les deux mains jointes sous sa poitrine, elle s'est présentée :

– Je suis Mélanie Luscruti. Bonjour les enfants.

– Bonjour madame, a-t-on entonné en chœur (mais sans joindre nos mains comme elle).

– Non, pas madame, appelez-moi comme je m'appelle : Mélanie Luscruti.

Nous l'avons accompagnée jusqu'à la cantine.

Elle a d'abord gardé la bouche ouverte, elle paraissait stupéfaite par l'endroit.

Moi aussi je la trouvais pas mal, notre cantine, avec ses murs bleus, ses tables en plastique imitation bois et le grand bouquet familier, aux fleurs artificielles recouvertes de poussière.

2. Des changements spectaculaires

Mélanie Luscruti a semblé de plus en plus déçue par l'endroit. Elle a soupiré longuement en regardant dans les coins.

Puis, elle a annoncé:

— Votre cantine, ce n'est pas le temple des mille Bouddhas. Il va falloir un travail corporel et mental phénoménal pour qu'elle devienne zen…

Hou là là, cette Mélanie Luscruti était compliquée ! Elle venait de prononcer au moins cinq mots que je ne comprenais pas. J'allais me retourner vers mes frères pour leur demander des explications, quand elle a ajouté à voix basse, pour elle-même, d'autres termes incompréhensibles :

— Un coup… en fuchsia… Shiva dans ce coin-là… Un gong ici… Des réceptacles à côté… Ce sera mieux…

On s'est interrogés du regard. Que voulait dire tout son charabia ?

15

Mais la cloche a sonné, Charlie, les sourcils très froncés, a juste haussé les épaules et il a fallu rentrer en classe en laissant Mélanie Luscruti prendre possession de son territoire.

Pendant quelques jours, nous avons été polis avec elle. Gentils aussi, on débarrassait les tables en essayant de ne pas faire attention à tout ce qui changeait... Parce que des transformations, la cantine en subissait ! Quant à la cuisine...

Mélanie Luscruti appelait ça des "améliorations évidentes".

Nous avons commencé à râler entre nous... Un peu... Beaucoup... Jusqu'à considérablement !

Charlie aime affirmer que nous avons été atrocement patients avec elle. Mais je dois raconter les événements dans l'ordre, sinon, comme dit Florian, c'est de la purée d'orang-outan, on ne sait pas où est la tête, où est la queue, et on n'y comprend rien...

D'abord, Mélanie Luscruti a réclamé à Thierry de l'argent pour les rénovations qu'elle voulait effectuer dans "sa" cantine. Thierry, qui est aussi le directeur de notre école, il le lui a accordé. Elle a commencé par repeindre l'un après l'autre les murs en rose pétard, un rose qui s'appelle "fuchsia".

Ce qu'en a dit Mélanie Luscruti :

– Ce rose indien me plaît beaucoup. Il dégage des ondes positives qui ouvrent l'appétit !

Ce que nous en avons pensé :

– Un rose pareil, ça nous donne l'impression que les murs nous tirent la langue. (Charlie)

– Pff, c'est une couleur de robe de petite fille, mais pas de mur de cantine. (Marie)

– Impossible, moche et extravagant. (Paul)

– C'est n'importe quoi ces couleurs, maintenant on a une cantine pour filles ! (Florian)

Mélanie Luscruti a jeté les anciens rideaux blancs pour disposer devant les fenêtres des "tentures" à rayures aussi violettes que sa robe préférée et orange vif.

Ce qu'elle en a dit :

— Selon la méthode des "huit aspirations de l'existence" dans l'art du *fengh shui*, j'aurais voulu changer tout le mobilier, orienter autrement la cantine… Mais, ces super tentures, c'est mieux que rien !

Ce que nous en avons pensé :

— Rose, violet et orange, la totale catastrophe ! (Léo)

— On se croirait dans une boîte de bonbons. (Fred)

— Elle est complètement frappée dingue, la Mélanie Luscruti ! (Florian)

— On dit "frappadingue". (Charlie)

— Ma mère a dit que c'était des couleurs de "hippies". (Chloé)

Mélanie Luscruti a aussi jeté le gros bouquet de fleurs et son vase. À la place, un monticule de cailloux bien  rangés accueille une fontaine électrique qui coule en permanence. À côté, elle a installé un énorme gong.

Ce qu'elle en a dit :

– L'eau est un élément essentiel pour se sentir bien. Et dans la liste des cinq éléments, le métal du gong est là pour l'harmonie qui rythme le temps. Quel bonheur d'éveiller ces enfants aux choses utiles !

Ce que nous en avons pensé :

– Le bruit de l'eau me donne tout le temps envie d'aller faire pipi... (Marie)

– À la cantine, l'eau doit être dans les carafes et dans les verres, plutôt que dans la fontaine. (le papa de Julien)

– Jeter mes fleurs pour mettre *ça* à la place ! (Annie, dame de cantine à la retraite)

– Un gong, à quoi ça sert, ce machin ? (Florian)

Un gong est un instrument de musique. C'est un gros disque en métal qu'on frappe avec une mailloche. Je ne dois pas jouer avec quand je rentre dans la cantine. (Punition d'Arthur, élève qui a tapé de toutes ses forces sans autorisation sur le gong)

Pour l'encens, Mélanie Luscruti nous a vite mis au parfum. Comme nous tordions le nez au-dessus des fumées qui s'échappaient des coupelles posées sur plusieurs tables, elle a dit :

— L'encens est une résine aromatique qui dégage par combustion une odeur agréable… Produit entièrement naturel…

— Drôlement forte, l'odeur agréable… a insinué Charlie, en éventant son nez avec la tranche de sa main.

Mélanie Luscruti a fait celle qui ne voyait pas. Elle a affirmé :

— D'ici quelques jours, vous me direz les parfums que vous préférez. Aujourd'hui, c'est du chèvrefeuille.

Je n'ai pas différencié l'odeur de la chèvre ni celle de la feuille, mais je n'ai rien dit. Manger avec de l'air parfumé à la chèvre, c'est bizarre, non ?

Une cantine, ce n'est pas que des murs et des objets, c'est surtout ce qu'il y a dans les assiettes… Si on ne veut plus y manger, si l'horreur et l'appréhension sont au rendez-vous de chaque repas, c'est que Mélanie Luscruti s'est aussi attaquée aux menus, supprimant les aliments qu'on aimait le plus.

Nos assiettes ne contiennent plus de frites.

— Aliments saturés de graisses, pas question ! a affirmé Mélanie Luscruti.

Plus de crèmes glacées.

— J'ai regardé les compositions : E 100, E 214, E 224, E 241. Incroyable, non ? Moi vivante, jamais vous ne mangerez ces saletés !

Les petits gâteaux se sont envolés.

— Graisses animales, carbonates, phosphates, correcteur d'acidité, colorant rouge cochenille A, poudre à lever E 503, agent d'enrobage, gélifiant, émulsifiant…

Les yaourts aromatisés n'existent plus.

— Ils sont bourrés d'excipients chimiques, c'est horrible !

Et elle, elle est quoi ? Ignoble ? Épouvantable ? Abominable ?

Mélanie Luscruti est aussi soupçonnée de vouloir supprimer la viande de nos menus, mais elle a essayé d'être discrète… Il y a quelques jours, nous avons même eu une paella sans poulet ni moule…

– J'appelle ça du riz au safran, tout bêtement, a pesté Charlie.

Et le lendemain encore, du cassoulet sans saucisse ni canard.

– On dirait des haricots à la sauce tomate, vous ne trouvez pas ? s'est enhardi Simon, très timide d'habitude.

Ensuite, le jour suivant, un pot-au-feu sans morceaux de viande.

– Des légumes dans de l'eau, j'appelle ça de la soupe ! a de nouveau râlé mon grand frère Charlie.

3. Avis de tempête

SOUS NOTRE PLATANE PRÉFÉRÉ, nous avons discuté cantine. Florian a shooté dans le vide en grognant :

– Je ne connais pas un seul enfant qui adore manger une tonne de chou-fleur en cherchant au microscope le jambon soi-disant servi avec…

J'ai été d'accord. Et, beurk pour le chou-fleur !

Paul, du CE2, a énuméré :

– La semaine dernière : épinards sans steak haché, courgettes aux œufs, salsifis sans poisson.

– Du poisson, tu es fou, il ne faut pas gâcher ta santé ! s'est moquée une grande du CM2, sur le ton de Mélanie Luscruti.

Imitant aussi la cantinière, Charlie a lancé une phrase qu'on commence à connaître :

– C'est bien pour ça qu'au final, chers enfants…

Nous l'avons terminée ensemble, comme une leçon bien apprise :

– Vous devriez boire cette délicieuse infusion "bien-être" à la vigne rouge !

Quelques nouveautés au menu : galettes de riz, côtes de blettes, gelée de coing, quinoa (céréales), salade de mâche, fèves, louises-bonnes biologiques (poires), desserts caramel au soja, jus de pruneau ou de carotte…

Le tout au chant du gong, dans une pénombre orangée, avec de l'encens au jasmin, à la rose, au patchouli…

Chaque jour, les repas sont tellement bizarres et excentriques, que nous mangeons de moins en moins. L'après-midi nous avons des creux terribles à la place de nos ventres. Ils nous rendent drôlement agressifs. Un élève du CM1 qui avait posé une pomme sur son bureau a vu deux filles se la disputer. À l'heure de la récré, Charlie et Florian se sont battus pour dévorer les miettes de mon choco BN. Le régime Mélanie Luscruti nous affame.

Charlie a constaté :

– Une femme baba cool qui

n'aime que le violet et la verdure… il a fallu qu'on tombe sur elle !

Moi, je me suis sentie si faible que j'ai seulement eu la force de gémir :

– Je voudrais chanter d'école.

Charlie m'a corrigée.

– "Changer", Marie. Maman ne voudra jamais, c'est trop compliqué.

Arthur a réfléchi à voix haute :

– Le plat de résistance, c'est une chose, mais gâcher les desserts…

– Un vrai désastre ! ont approuvé plusieurs voix.

– Oui, on ne peut même pas se rattraper sur le pain. Ce truc noir, lourd, plein de grains, à la farine complète, c'est trop bizarre, a conclu Florian d'un ton énervé.

– Du calme, a décidé Charlie. Nous verrons bien à midi…

Une fille a proposé :

– Justement, si à midi on a encore un plat 100 % végétal, avec une crème… genre "nature de riz", on décide de réagir. D'accord ?

Content, Florian m'a donné un bon coup de coude dans les côtes pour partager son enthousiasme.

Puis il a crié très fort, comme si notre dame de cantine était là :

– Si c'est de l'humour, Mélanie Luscruti, on a assez ri ! Tu dois nous comprendre ! Mélanie Luscruti, va t'en à Paris, en Russie ou en Papouasie… mais loin d'ici !

– Ouais, Mélanie Luscruti en Papouasie ! nous avons repris comme un seul homme.

La cloche a sonné. Thierry nous a fait signe de sortir de la classe. C'était ordonné, obligatoire, inévitable. Dans quelques minutes un repas allait encore être gâché…

L'herbe verte du terrain de foot m'a adressé un clin d'œil. Si elle a poussé sans engrais, ni insecticides, ni pesticides, elle va finir dans mon assiette. Au secours, je ne veux pas !

Nous avons entouré Paul qui a dit :

– Je ne comprends pas, Mélanie Luscruti devrait s'en apercevoir.

– S'apercevoir de quoi ?

– Que nos assiettes restent pleines. Que nous ne mangeons pas. Qu'elle jette tout. Pour une personne qui dit s'intéresser au tri sélectif, elle n'est pas très observatrice.

Paul est aussi grand que Charlie. J'ai trouvé qu'il y avait de l'idée dans son constat.

J'ai ajouté :

— Avec Thierry, on apprend les temps très historiques et...

— "Préhistoriques", Marie, a rectifié Florian.

— Ben, je trouve que Mélanie Luscruti vient d'une drôle d'époque !

Nous avons pénétré dans la cantine en jetant des regards curieux à droite, puis à gauche, tous nos sens en alerte. Certains d'être surpris par d'étranges nouveautés. Ça n'a pas loupé !

D'entrée, nos conversations ont été recouvertes par les notes d'une musique bizarre.

— Ôôôômmm, les enfants. Ces chants zen sont apaisants. Vous allez manger sans parler, sans…

— …!!!??

— Sans stimuli bêtes qui vous abrutissent. Juste ces voix de moines tibétains et le bruit de leurs moulins à prières…

Non, pas juste ça. Le pire restait à venir.

Nous sommes d'abord restés en rang, dans l'espoir de voir débarquer de la sérénité… Mélanie Luscruti y tient.

À l'extérieur, il y a le chaos. Il ne faut pas l'amener dedans. Alors, comme dans un sas où la relaxation doit nous gagner, nous avons attendu le coup de gong, bien en rang.

J'ai reniflé. L'encens du jour était à la rose, il m'a semblé. Le CD continuait à chanter des *ôôômmm ôm ômm* et Mélanie Luscruti a commencé à poser deux plats sur une table. Clip, clop, clip, clop, dans ses nu-pieds à lacets, à chaque aller-retour dans la cuisine, elle ramenait les mêmes plats immondes qu'elle plaçait sur de nouvelles tables.

Je me suis tortillée désagréablement sur place. Florian a ouvert grand ses yeux, comme devant un film d'épouvante. Chloé m'a lâché la main et porté ses mains à son cou en faisant semblant de vomir.

Dans les plats, il y avait des courgettes vertes et mouillées, accompagnées de rondelles bizarres et grillées.

Charlie les a regardées d'un œil venimeux.

— Qu'est-ce que c'est ?

— Chut, du calme, des galettes de soja… a répondu Mélanie Luscruti.

— Ah… a lâché mon grand frère d'un air impénétrable.

Juste à ce moment, Mélanie Luscruti a dû juger que la sérénité était parmi nous, car elle a tapé sur son gong.

Ça a vibré dans ma tête. C'était une sensation assez rigolote. Mais vu la tête que faisait Charlie, j'ai deviné que ce n'était pas un jour à rire.

D'habitude, nous nous mettions où nous voulions autour des tables à six places. Là, Charlie est intervenu à voix basse.

Futé, rapide, il a comploté :

— J'ai une idée, vite… Les petits avec les grands. Et les moyens… avec tout le monde. Quand les assiettes seront pleines, vous crierez la même chose que moi.

Hou là là, crier est une chose interdite par Mélanie Luscruti ! Elle a prévenu qu'elle avait horreur de ça. Elle a expliqué que l'énergie qui circule dans l'espace et conditionne notre félicité n'est pas du tout faite pour brailler.

Elle a entrepris de servir une grande louche à chacun. Immédiatement, Charlie a entonné :

– ON A FAIM. ON A FAIM. On veut de la nourriture pour enfants, pas des légumes tout le temps !

Un énorme orage a grondé et éclaté.

Ce n'était pas le gong, mais tous les enfants qui scandaient ensemble :

– De la nourriture pour enfants, pas des légumes tout le temps !

Les joues de Mélanie Luscruti se sont assorties aux tentures.

En oubliant complètement la sérénité, elle a hurlé :

– Assez ! Ça suffit !

Sans se laisser intimider, on a repris en rythme :

– On veut de la nourriture pour enfants ! On veut…

4. Éclats de colère

Nos CRIS DE RESSENTIMENT ONT retenti dans la cantine fuchsia.

Avec sa louche en fer brandie à bout de bras, Mélanie Luscruti a effectué de grands mouvements menaçants, sûrement destinés à nous faire taire.

L'inverse s'est passé, on a encore repris notre chant en chœur pour le scander comme si elle était devenue notre chef d'orchestre :

– On veut de la nourriture pour enfants ! On veut de la nourriture pour enfants !

Des manifestations, j'en ai vu à la télé, aux informations. Mais c'est la première à laquelle je participais de ma vie. Qu'est-ce que c'est rigolo d'être bruyant !

D'un coup, ouvrant brusquement la porte, Thierry a déboulé dans la cantine.

– Alors ? a-t-il crié. Qu'est-ce qui se passe ici ?

Houlà là, j'ai senti que ça allait être nettement moins marrant... Ma bouche était ouverte mais pas un son n'est sorti de ma gorge.

Thierry n'avait plus sa mine de maître sympa habituel, mais un air sévère. Celui qu'il prend quand il tient son rôle de directeur qui pique une colère. Celui qui me donne toujours envie de me tasser sur ma chaise jusqu'à devenir minuscule pour disparaître.

– Pourquoi ce désordre ? a-t-il insisté devant notre silence.

Puis il a posé ses mains sur ses hanches, jambes écartées, en position d'attente. Genre "je patienterai le temps qu'il faudra mais je saurai tout".

Notre dame de cantine était si cramoisie que j'avais du mal à distinguer son troisième œil, celui qui l'aide à se regarder dedans.

Aucun enfant n'a voulu parler en premier. Charlie ne jouait plus le grand costaud qui commande, il s'était à demi caché derrière Paul.

Pour que le directeur sache à quoi s'en tenir, cette vraie traîtresse de

Mélanie Luscruti lui a offert un résumé de la situation en nous lançant :

– Ce que je vous cuisine est bon. Bon à manger et bon pour votre santé !

Sa voix contenait de la colère et de la déception, mais aussi de la revanche puisque le directeur allait forcément être de son côté.

Après avoir jeté un regard circulaire sur nos tables, au hasard, Thierry a réclamé :

– Hum, Florian, tiens, suis-moi pour des explications supplémentaires.

Florian a été révolté d'être choisi. Ça l'a fait bafouiller :

– Mais ! Mais !

Thierry s'est impatienté :

– À ce que j'en sais, tu n'es pas une brebis pour bêler. Qu'est-ce qu'il y a ?

Florian a commencé à accuser :

– Le chef c'est Charlie qui… Ce n'était pas mon idée !

J'ai retenu ma respiration en redoutant ce qui pouvait se passer, car Charlie a horreur des "dégonflés qui balancent", comme il dit.

Thierry a détourné son regard vers mon aîné et lui a demandé :

— Alors Charlie, tu viens aussi dans mon bureau.

Malin comme un singe, Florian a glissé avec rapidité :

— Alors, si Charlie vous explique tout, vous n'avez pas besoin de moi.

— Heu… ben… a laissé échapper Thierry.

Même si son hésitation n'a duré qu'une seconde, Charlie en a profité pour tenter sa chance à son tour :

— Pour le bruit, il faut nous croire, rien n'est de notre faute. C'est elle, Mélanie Luscruti, qui...

Énervé de voir son autorité contrecarrée par mes deux frères, Thierry a tranché :

— Possible, Charlie, mais c'est toi qui m'accompagnes ! Les autres, du calme. Vous continuez votre repas. Mangez ces… heu… heu… ces délicieux légumes.

Plus tard, bien plus tard, après que Charlie soit revenu dans la cantine l'air buté en se taisant, après que le "délicieux" repas ait été terminé en silence sur un dessert au caramel au soja, après que nous soyons sortis dans la cour en ignorant le regard noir cirage de Mélanie Luscruti, on s'est précipités vers Charlie afin de savoir ce qui s'était dit dans le bureau du directeur.

— Alors ? Qu'a décidé Thierry ? s'est inquiété Paul.

J'ai secoué la manche de Charlie pour demander aussi :

— Mon maître t'a écouté, au moins ? Il nous a compris ?

— Les repas vont être changés dès demain, j'espère ? a grogné Léo.

Charlie a pris tous son temps pour nous raconter. C'était son moment de gloire, il en a profité. Il s'est mis a parler exactement comme notre mère lui demande de ne jamais le faire : "Alors, il m'a dit…", "Alors je lui ai dit…", "Alors il a encore dit…" Heureusement qu'elle n'était pas là pour l'entendre !

— … Alors je lui ai dit : "Voilà, Thierry, c'est pour ça qu'on criait. Maintenant vous savez tout. Vous êtes avec nous, hein ? On va changer de cantinière ?" Et voilà que lui me répond : "Hum... je t'ai bien écouté, ce n'est pas si simple…" Alors, je lui ai…

L'impatience nous a saisis. C'est Florian qui a osé l'interrompre :

– Bon, Charlie, abrège.

– J'y arrive ! s'est agacé notre aîné. C'est là que Thierry me dit : "Tu as de la chance Charlie, n'en parle à personne. C'est un secret entre toi et moi, moi aussi j'ai horreur des courgettes !"

J'aurais voulu hurler de joie, mais justement mon maître s'approchait de nous pour discuter de la cantine. Je ne devais pas lui montrer que je connaissais son dégoût des courgettes, le secret plus du tout secret.

Nous l'avons entouré. Sans crayon, ni craie, Thierry a improvisé une leçon :

– Les repas équilibrés, vous connaissez ?

– Ben oui, quand même… se sont exclamés quelques-uns.

– Mélanie Luscruti s'est engagée à vous concocter des menus variés et équilibrés.

– …

– C'est-à-dire diversifiés et har-monisés… Elle y travaille, quoi que vous en pensiez, a repris Thierry, un peu désespéré par notre mutisme.

– L'harmonie, c'est la comme sérénité, non ? a ronchonné Arthur.

Mon maître a concédé :

– Eh bien, il y a de ça, oui…

On a tous haussé les épaules de désespoir en comprenant bien ce qu'Arthur avait voulu dire. Pour Mélanie Luscruti, la sérénité c'est sacré ; jamais elle n'accepterait de changer ses idées ni de modifier ses trouvailles.

– Elle vient d'arriver et elle s'ap-plique, a dit gentiment Thierry, laissez-lui une chance… Elle essaye de vous aider. Comme vos mamans ont de moins en moins de temps pour cuisiner, elle vous fait goûter à des tas de choses différentes…

Chloé m'a murmuré :

– Si c'est ça, l'équilibre, génial.

Charlie a serré les poings en cra-chotant :

– Pff, si vous protégez Mélanie Luscruti, on n'a plus qu'à se taire ?

– Non, non, s'est défendu Thierry, je suis à votre écoute. Pourtant, le goût qu'il faut éduquer, c'est important. Et vos papilles gustatives qui apprennent, aussi…

Les papilles gustatives n'ont rien à voir avec mon grand-père Gustave. Un jour, il m'a expliqué que "gustatif" venait de "goût". Les papilles sont des petits capteurs ronds disposés partout sur la langue, elles savent reconnaître le salé, le sucré, l'amertume ou l'acidité.

Alors, j'ai mis mon grain de sel en regardant Thierry droit dans les yeux :

– Donc, on doit accepter de manger des courgettes à l'eau souvent ? Vous ne pouvez pas… vous douter comme c'est… effroyable ! Vous devriez manger à la cantine avec nous. Vous venez, demain ?

Thierry a pâli, a bougé sa tête d'un mouvement qui ne voulait rien dire. Plutôt un non.

– En plus, a ajouté Léo, il y a l'encens, le gong, les *ôôôoommm* du Tibet…

Thierry a semblé éberlué :

– Quels hommes du Tibet ? Pour quoi faire ? Ils arrivent quand ? Elle ne m'a rien dit. Ce n'est pas du tout prévu dans le budget…

Florian a ronchonné :

– Mélanie Luscruti vous expliquera !

– Oui, oui, je vais devoir m'en occuper…

Charlie a été ravi d'ajouter :

– Elle a aussi dit qu'elle devait encore supprimer les couteaux, pleins de *shar chi…* une histoire de flèches empoisonnées, comme tout ce qui coupe en *fengh shui.* Et elle veut mettre au point des cours de yoga…

– Hum-hum, a grommelé Thierry, on est loin du contenu de vos assiettes. Je vais voir de quoi il retourne parce que… hum-hum… Parce que !

Et il s'est éloigné, les sourcils froncés, en direction de ses collègues, les maîtresses des autres classes.

Pff, justement j'en avais ras l'assiette d'écouter tout ça.

5. Cerveaux soumis
à cogitation

À 14 HEURES PASSÉES, UN JOUR ordinaire, il aurait été largement le moment de sortir nos cahiers rouges pour revoir les mots de la leçon du jour. En plus j'avais appris la liste par cœur : *la fin, important, le thym, la main, la faim, le frein, un examen...* J'étais prête à être interrogée et à me voir récompensée par un grand sourire du maître.

Au lieu de ça, Thierry a embrayé sur la cantine :

— Je viens de discuter avec Mélanie Luscruti... Elle ne tient pas exactement le même langage que vous...

— Ce qui veut dire ? a demandé Chloé.

— Qu'elle a sa version, que vous avez la vôtre. Mais elle prêche la liberté de pensée, la non-violence... Elle est ouverte au dialogue pour les menus...

Thierry a laissé planer un instant de suspense, puis nous a fait part d'une décision :

– Mademoiselle Zirk et madame Lassalle sont d'accord avec moi. Nous organisons une après-midi spéciale : nous réunissons nos classes pour mélanger vos cycles.

– Ah… Pourquoi ?

– Pour régler cette histoire. Vous allez écrire des propositions sur le thème suivant : vos repas idéaux.

– Super, on a plein d'idées !

– Tant mieux. Les grands écriront les avis des plus petits. Ce devrait être enrichissant pour tous et rapide. Ça vous convient ?

– Pas mal…

– Ensuite, nous en rediscuterons avec Mélanie Luscruti et vos parents.

Dans notre groupe, on a déballé nos envies à Charlie, notre grand CM qui allait prendre nos idées en note.

Fred a dit :

– Vas-y, écris, je veux des *ChipCrac*, ce sont les meilleures.

Arthur l'a fusillé du regard :

– Les *CroKrap* sont plus croustillantes !

Chloé est passée directement au dessert :

– Je veux de la crème *Mont-Grand*. Ou de la compote en brique, miam !

Le stylo de Charlie avait du mal à suivre nos idées tellement elles fusaient.

– Doucement ! a-t-il réclamé.

Puis il a écrit sa propre commande :

– Et moi, du beefsteak haché bien saignant.

Fred s'est manifesté de nouveau :

– Note que je veux des coquillettes, s'il te plaît.

Arthur a explosé :

– Non, plutôt des macaronis !

Une voix s'est écriée :

– Ah non, des spaghettis, ça c'est le bonheur !

– Bon, a bougonné Fred, du moment que c'est à la tomate, comme les raviolis en boîte…

– Moins vite, a supplié Charlie.

– Et toi, Marie, tu veux quoi ? m'a demandé Arthur.

Pour faire plaisir à mes papilles gustatives qui dansent sur la langue, j'ai demandé :

– Des hamburgers, on a le droit d'en réclamer ?

Charlie a déclaré qu'on pouvait TOUT écrire.

Alors on s'est tous mis à exiger en même temps des frites, de la purée, des pommes de terres sautées et des patates au beurre. Comme ça, a-t-on affirmé, on changera tous les jours de légumes et les grands seront contents.

Thierry, qui passait de groupe en groupe, est arrivé jusqu'à nous. Il a rigolé en lisant la liste de Charlie. J'aime bien quand mon maître est joyeux, car deux fossettes se creusent dans ses joues et il ressemble un peu à mon papa.

Par contre, mon frère a toujours détesté l'idée qu'on puisse se moquer de lui. Il s'est insurgé :

— Quoi ? Dites-moi si j'ai fait des fautes !

— Hé-hé, si tu as un doute, tu prends le dictionnaire.

Plus il circulait parmi les groupes, plus il perdait son beau sourire. Les bras pendants, il a même soupiré longuement. Pourquoi ?

– Thierry, on a fini, a crié un gar-
çon depuis l'autre extrémité de la classe.

D'autres voix se sont élevées en
écho :

– Nous aussi !

– Bon… a répondu mollement
Thierry, en revenant près du tableau. Je
viens de lire vos listes. Vous êtes unani-
mes, banals. Bref, vous regardez tous
les mêmes publicités… Vous voulez des
sous-vides, des congelés, des sachets et
des boîtes.

– … ?

– Si je vous écoute, j'achète un
ouvre-boîte à Mélanie Luscruti, et c'est
tout !

– …

Devant notre silence grognon, il a
repris avec ferveur :

– J'aurais tellement voulu des sur-
prises ! Que vous soyez plus curieux
dans vos choix…

La cloche de l'heure du goûter l'a
stoppé, puis il a repris :

– Essayez de trouver une bonne
idée pour votre projet… On en reparle
après la récréation !

46

Dehors, les groupes se sont défaits. Mais nous avons évité de rester postés devant la cantine où Mélanie Luscruti faisait brûler de l'encens à la vanille en s'occupant de ses pousses de soja dans la jardinière.

– Beurk, sans doute un prochain repas, a jeté une fille, avec dédain.

Sous notre arbre préféré, on a réfléchi.

Florian a tournicoté une mèche de ses cheveux en mordillant sa lèvre inférieure :

– Pour le moment, ni perdants, ni vainqueurs.

Charlie a tendu ses paumes vers le ciel, en disant :

– Quand même, Thierry a un peu raison...

– Raison de quoi ?

– Raison de dire que nous sommes nuls d'avoir réclamé des chips et des raviolis en boîte.

– Toi qui es si malin, a lancé une voix, trouve une idée géniale !

Arthur a déclaré avec sérieux :

— Refaisons une autre liste. Moi, j'adore le saumon fumé. Je peux en manger tous les jours sans problème.

Léo a surenchéri :

— Et moi, le foie gras. Avec des toasts chauds et de la confiture de figues, hum, un délice !

Fred a braillé :

— Les gars, on ne monte pas un restaurant trois étoiles.

Charlie s'est irrité :

— L'idée du siècle, je ne l'ai pas. Je dis juste que, souvent, nos mères rentrent crevées du boulot… Elles ne savent pas quoi cuisiner. Alors, elles déballent de la soupe en carton, d'autres réchauffent des pizzas surgelées dix minutes avant le repas, ou nous font des tartines de pâté, de fromage, accompagnées de chips...

Plein de camarades ont hoché la tête en signe d'approbation.

— Comment changer les choses ? a conclu mon aîné, à mi-voix.

Lorsqu'une idée lumineuse m'envahit, je ressens toujours des picotements dans mon dos, ensuite dans tout

48

mon corps. Ça fait comme une multi-
tude de petits rayons de soleil qui me
réchauffent. Et là, j'ai chaud partout,
avec des fourmillements.

– Un projet, j'en ai un ! j'ai crié.
On doit faire comme nos mamans.

Charlie a été indigné :

– On vient justement de dire l'inverse, tu n'écoutes rien, Marie.

– Non ! Faisons ce qu'elles font
lorsqu'elles ont le temps : allons au
magasin nous promener dans les
rayons. Là-bas, on aura des tas d'idées…

Beaucoup se sont mis à glousser.
Paul a râlé le plus fort :

– Les courses, c'est un truc de
filles !

49

6. Virée pour la cantine idéale

LA PREUVE QUE TOUT LE MONDE est capable d'effectuer des courses, puisque faute d'une meilleure idée, lorsque nous en avons parlé à Thierry, il a trouvé mon projet formidable, "un exercice grandeur nature".

Encadrés par les institutrices, il nous a tous emmenés au supermarché voisin, le Miniprix.

À peine arrivés, Florian m'a lâché la main pour foncer droit sur le rayon pâtisserie :

– Super, les biscuits au chocolat du *Capitaine Décarcasse* !

Ah là là, je suis la plus petite mais j'ai été plus raisonnable que Florian. J'ai utilisé l'air sévère de Maman :

– Ah non, hein, on est là pour travailler, rien d'autre.

L'entraînant dans mon sillage, je me suis dirigée vers des étagères où devaient se trouver nos solutions.

Des bacs réfrigérés débordaient de packs de yaourts. Miam, je les adore. Non, j'ai pensé que je ne devais pas les aimer car ils sont bourrés de colorants… Zut, je n'avais jamais eu ces pensées auparavant, j'ai été contaminée par Mélanie Luscruti.

Des rangées de bocaux, de pots, de boîtes de métal aux étiquettes colorées proposaient principalement des légumes... J'ai détourné les yeux.

Chaque fois que je désignais un aliment susceptible d'entrer à la cantine, Florian grimaçait, en ponctuant de "trop dégueu", "Thierry ne voudra jamais", "nul", "sûrement pas", "hors de question !"

On a croisé Charlie et Arthur, ils étaient échoués devant une gondole de biscottes, l'air désespérés. Fred et Paul ont fait ceux qui ne nous connaissaient pas. Chloé et Zoé cherchaient le coin librairie.

Au rayon des produits frais, des cageots de choux-fleurs et des pyramides de pommes nous ont nargués, tandis qu'une immense affiche les surplombait.

– Qu'est-ce qu'il y a d'écrit ? j'ai demandé.

– Rien, des bêtises, a dit Florian, deux secondes après.

– Lis-la moi ou je vais demander à Thierry…

– Pff, tu es pénible, Marie ! *Cinq légumes et fruits différents chaque jour sont la garantie d'une excellente santé. Pensez-y.*

J'ai blêmi et je me suis mise à cogiter. Mélanie Luscruti aurait donc raison de… disons qu'elle n'aurait pas complètement tort de…

Troublée, j'ai regardé les produits sur les étagères avec un regard moins hostile.

On a continué à se promener au hasard. D'un seul coup, j'ai stoppé devant un emballage surprenant.

– Oooh !

J'étais émerveillée. Et, en même temps, drôlement étonnée de l'être.

– Marie, hou-hou ? a appelé mon frère.

– Reviens Florian, viens voir comme c'est trognon…

– M'enfin ! Ce sont juste des boîtes de…, a commencé mon frangin, en me sondant du regard.

Toc-toc. Ça a été le bruit du doigt de Florian contre sa tempe.

Non, je n'étais pas folle. Je ressentais des picotements en soleil dans le dos, signe de bonnes idées, j'ai donc insisté :

– Si, ça a l'air bon. C'est de la purée orange. Il y a la même en vert. C'est joli.

– Marie, a-t-il pesté.

– Justement, ça m'inspire !

J'ai élevé la voix, d'autres groupes nous ont rejoints. Je leur ai désigné l'étagère à merveilles. Personne n'a semblé me comprendre. Ils allaient s'éloigner. Je voulais qu'ils m'accordent toute leur attention.

Cette fois j'ai crié pour les convaincre de rester :

– C'est LA solution. Je suis sérieuse. Les couleurs... Les menus... Écoutez-moi !

Enfin, ils ont fait cercle. J'avais quelques secondes pour les convaincre, pas davantage. Mon corps tremblait.

— On devrait inventer des menus en couleurs. Ils seraient "variés" comme dit Thierry et jolis.

— Jolis ? Bof… s'est opposé Fred en grimaçant.

Thierry s'est approché, j'ai continué d'expliquer :

— On pourrait imaginer des jours orange avec uniquement des produits orange, comme cette purée à la carotte. Des jours rouges… tout rouges. Des verts tout…

Florian a craché, tel un chat en colère :

— Ah non, pas vert !

Tiens, j'avais presque oublié notre haine pour le vert herbe.

— Il y aurait aussi des menus blancs, des jaunes…

Chloé a aussitôt ajouté :

— Oui ! Par exemple, le violet ! Du chou rouge, il est bien violet ? Et des pâtes à l'encre de seiche…

55

— Dégoûtant. Plutôt un menu jaune, du riz au safran, du melon jaune d'Espagne, des yaourts au citron…

— Oui, super !

Enfin, j'ai lu de l'admiration dans les regards. Même Paul a agité la tête d'un air content. Hourra, j'ai eu la sensation d'avoir gagné.

— Ma sœur a raison, a lancé joyeusement Florian. On va inventer des menus orange fluo et jaune vif, et la Capt. ne va pas en revenir ! Alors, on vote pour l'idée de Marie ?

— Oui, oui, se sont écriées plusieurs voix.

— Non !

Charlie a été catégorique.

— C'est facile pour vous, le jaune, l'orange, le rouge, le blanc... Mais moi,

j'aime le bleu. C'est ma couleur préférée.

– … ?

– Et il n'y a jamais de bleu dans
les assiettes !

Mon grand frère s'est mis à bou-
der.

Thierry a souri de toutes ses fossettes :

– J'ai ta solution : le jour du repas
blanc tu mettras une paire de lunettes
que je te prêterai. Ses verres sont teintés
en bleu.

Florian a hasardé :

– Thierry, vous devez encore
convaincre Mélanie Luscruti...

– J'en fais mon affaire car ces
repas en couleurs, j'y crois drôlement.
Un grand bravo, Marie. Je trouve ton
idée très bonne. Vous acceptez tous son
projet ?

– Oui !

Couleur pivoine, j'ai su que j'étais
la reine de l'école. J'ai aussi eu le temps
de penser, avant d'être applaudie, que
Thierry est un bon instituteur. Un très
bon instituteur, même.

Le lendemain matin, à l'école, Thierry a tenu parole. On l'a vu s'installer dans la cantine avec Mélanie Luscruti. Inquiets, on les a un peu espionnés en guettant des cris, de grands gestes… Mais non, rien. Ils ont discuté tranquillement et pour finir, ils se sont serrés la main en souriant.

Puis Thierry est sorti nous annoncer que nous pouvions travailler sur les nouveaux menus :

– Mais en vous dépêchant, car il me tarde qu'on replonge dans le calcul et le français, l'ordinaire des élèves !

On a ri et on est allés recopier nos idées sur des feuilles :

Lundi : Menu orange ou rose

(une semaine sur deux)

Soupe à la citrouille
Purée aux carottes
Fromage gouda
Abricot ou
clémentine
Un jus d'orange

****

Une tranche
de jambon
Lentilles corail
Saumon
Glace à la cerise
Un verre de
lait fraise

Mardi : Menu blanc ou jaune

(une semaine sur deux)

Riz au beurre
Filet de
poisson blanc
Fromage blanc
Meringues nature
Un verre de lait

****

Salade de
pamplemousses
Purée aux
jaunes d'œufs
Crème à la vanille
Sirop de citron

Jeudi : Menu vert

Concombres
Salade verte
Petits pois
Poivrons verts farcis
Pomme verte
Un jus de kiwi

Vendredi : Menu rouge

Tomates en salade
Pâtes au ketchup
Escalopes au paprika
Fraises ou pastèque
Un verre de
grenadine

Épilogue

À LA CANTINE, DEPUIS PLUSIEURS semaines maintenant, tout va bien. Nos menus en couleur sont rodés, tout fonctionne. Les grands changements sont terminés. Mélanie Luscruti a juste nommé les trois chats qui squattent notre cour : Shiva, Brahma et Vishnou (noms de trois grands dieux). Et nous on joue à découvrir les parfums des encens qui se succèdent : bois de santal, ambre, cèdre, mimosa…

Hier, Florian a beaucoup râlé, chaque jeudi c'est pareil. Il n'encaisse pas les menus verts. Nos concombres en salade sont pourtant jolis. Les petits pois qui suivent ont un goût sucré, on en boit le jus, miam. Florian n'a qu'à laisser les poivrons, s'il n'en veut pas. Et puis, les repas sont forcément bons, puisque nous avons tout décidé !

Ce midi, vendredi, on rit. Mélanie Luscruti est arrivée avec une nouvelle robe longue mauve foncé, des tas de colliers et une mèche verte au milieu de ses cheveux roux. Sa coiffure va bien avec la tranche de pastèque du dessert. Elle nous a annoncé que c'est en honneur de son cdeapd.

— En l'honneur de votre quoi, Mélanie ?

— De mon C.D.E.A.P.D. : Cuisinière Des Écoles Au Poste Définitif.

Thierry vient de traverser la cantine. Avec nous, il a levé son verre pour fêter Mélanie Luscruti qui reste pour toujours dans l'école. Maintenant Thierry a une petite moustache rouge grenadine sur la lèvre.

Moi, il me tarde lundi, pour la purée orange aux carottes.

Faim !

L'auteure

Marie Mélisou vit à Toulouse. Elle aime le chocolat, les pâtes *al dente*, presque tous les légumes, partir en voyage et lire. Elle publie des nouvelles et de la poésie pour adultes, mais c'est la littérature de jeunesse qui l'intéresse avant tout. *Effroyable cantine* est son quatorzième roman.

L'illustratrice

Gali Fourchon travaille à Marseille. Elle vit avec ses deux filles dans un château d'où elle voit la mer. Elle aime peindre les histoires pour enfants et les animaux des fables. Elle vient d'être sélectionnée pour ses illustrations présentées dans le cadre du concours du *Printemps des Poètes*.

Déjà parus dans la collection
Cannelle :

Le secret de Papy Frioul
de Jean-Luc Luciani
illustré par Olivier Blazy

Lisa et le bobo sucré
de Karine Marchand
illustré par Stéphane Nicolet

J'ai effacé la maîtresse
de Sophie Rigal-Goulard
illustré par Stéphane Nicolet

Maquette : Anaïs Barbotin

Effroyable cantine
a été achevé d'imprimer sur les presses
de FRANCE-QUERCY (Cahors - France)
un jour de giboulées
en mars 2005
ISBN 2-913647-31-6
Dépôt légal à parution